산도화꽃 그늘 아래

산도화꽃 그늘 아래

권달웅 감처럼 시인

나태주 풀꽃 시인

유재영 둑방길 시인

이준관 구부러진 길 시인

동화사

좋았다, 다 좋았다
세상 떠나는 날까지

산도화꽃은 실상은 세상에 존재하지 않는 꽃입니다. 신선의 나라, 유토피아 그 어디쯤에나 숨어 사는 아득한 나무이고 그 나무에 피는 더욱 아득한 꽃일 겁니다.

그러나 실지로 있기는 있었던 꽃입니다. 청록파 시인 가운데 한 분인 박목월 선생의 첫 시집 이름이 '산도화'였거든요.

그분도 세상 살기 참 힘들었고 고달프셨던가 봐요. 그러기에 이 세상에 없는 꽃 이름을 만들어 내고 그 이름으로 시를 쓰고 시집까지 내신 것을 보면 말입니다.

그렇지만 우리 네 사람은 세상 살기 힘들거나 고달파서도 그렇지만 더 많이는 그리운 마음으로 '산도화'란 이름을 불러내고 그 이름 위에 첨언하여 '꽃' 자를 붙여 '산도화꽃'이란 이름을 만들어 냅니다.

그리고서도 '그늘 아래'라니요? 그렇습니다. 결국은 박목월 선생의 시 세계를 따르고 흠모하는 또래의 시인 네 사람이 모였다는 이야기가 되겠습니다.

옹기종기입니다. 어떤 의미에서 우리는 형제입니다. 육신의 형제가 아니라 글 나라의 형제이고 시의 형제들입니다. 이 얼마나 감사하고 아름다운 인연인지요! 용케도 세종대왕이 한글로 잡아 주신 가나다 순으로 형과 아우이네요. 출생 나이가 그렇다는 얘 깁니다. 권달웅, 나태주, 유재영, 이준관, 그렇게 차례를 정하여 책을 냅니다.

오래 이어온 우정에 서로가 감사하고 존경하면서 앞으로 좀 더 지상에 남아서 좋은 우정을 나누면서 좀 더 좋은 시를 써보자 그 런 약속이 숨어 있는 책입니다.

부디 좋은 뜻으로 보아주시고, 고르게 사랑해주시고, 관심 가 져 주시고, 저희 네 사람의 시 나무에 골고루 햇빛과 바람과 물과 거름을 나누어 주시기 바랍니다.

아름다운 세상, 눈물 나는 세상, 이다음에 좋았다, 참 좋았다, 고개 끄덕이며 세상 떠나는 날, 그날에도 우리의 시가 사람 대 신 남아서 오랜 목숨을 어울려 살아주기를 손 모아 축원합니다.

2020년 가을
권달웅, 나태주, 유재영, 이준관 함께

산도화꽃 그늘 아래_차례

감처럼 시인
권달웅

둑방길 시인
유재영

권달웅

kwondal22@hanmail.net

경북 봉화 출생. 1975년《심상》신인상 당선으로 등단.
『해바라기 환상』『사슴뿔』등 여러 권의 시집이 있음.
신석초문학상, 최계락 문학상 등 수상.

산도화꽃 그늘 아래

권달웅

불가능을 꿈꾸는 상상적 실체

권달웅의 시는 담백하고 초탈한 기품을 보여주는 동양적 사유의 세계와 현대문명의 질곡에서 신음하고 괴로워하는 소시민의 비애와 갈등 그리고 삶의 애달픔이 주조를 이루고 있다. 그의 시의 씨와 날은 서정의 바탕 위에 예사롭지 않은 은유를 구사하여 질화로의 온기 같은 은은함과 담백함의 여운을 주고 있다. ── 이유식·문학평론가

권달웅의 정서는 고유한 것, 전통적인 것들 속에 정서와 상상의 뿌리를 두고 있으면서도 그는 늘 새로움의 언어를 보여준다. 한 시인의 문학사적 업적은 공시적인 시간 속에 등장하는 다른 작품들의 어떤 유형들과도 변별되는 그 시인만의 개별성 여부에 의해 평가되어야 한다.…… 권달웅의 시는 그만의 특이한 정서를 지니고 있으면서 매우 섬세한 구조로 직조된 모시처럼 아름답고 단단하다. 말과 말의 조응, 이미지와 이미지의 상호관계 및 정서의 전이, 그리고 단단하게 결집된 구조의 힘을 찾아볼 수 있다. ── 이건청·시인

권달웅 시인의 시는 전형적인 '서정의 적자(嫡子)'라고 할 수 있다. 지금까지 그는 지속적으로 사물의 풍경과 내면의 정황을 유추적으로 토로하는 서정시의 균질적인 보법을 추구해왔다. 그만큼 그는 근원적이고 원형적인 삶의 보편성을 일관되게 추구해온 시인이라고 할 수 있을 것이다. 그의 시는 간결한 언어에서 감지되는 부드럽고 친화적인 어법 외에도, 깊은 저류에서 흐르는 역동적인 언외지의(言外之意)를 품고 있다는 점에서 단연 우리 시대의 순도 높은 서정시라고 할 수 있다. ── 유성호·문학평론가

권달웅 시인의 시는 내면의 방황을 정직하게 드러내면서도 방황에서 그치지 않고 새로운 인식이나 갑갑한 현실에서의 어떤 삶의 돌파구를 찾고 있다. 그의 시는 인간과 문명, 자연과 삶에 대한 근본적인 질문을 던지고 그에 해답을 자연 속에서 찾으려고 노력한다. 그러한 추구는 가치와 삶의 방도를 우리에게 구체적 이미지로 제시하여 혼란 속의 현대인들이 자기 삶을 찾도록 유도하고 있다. ── 이성혁·문학평론가

감
처
럼

가랑잎 더미에는
서리가 하얗게 내리고
훤한 하늘에는
감이 익었다.

사랑하는 사람아,
긴 날을 잎 피워온
어리석은 마음이 있었다면
사랑하는 사람아,

저물녘 노을빛에
눈웃음인 듯 내 마음을
쓴웃음인 듯 네 마음을
걸어놓고 가거라.

찬 서리 만나
빨갛게 익은 감처럼,

하학

소나기 그치고 햇볕 쨍쨍한
학교운동장에서 만났다.
길을 찾아 나섰다가
길을 잃어버린 땅강아지 한 마리,

딸각거리는 필통 속의 몽당연필처럼
침 묻혀 꼬불꼬불한 글씨를 쓰며
시오리 길을 가고 있다.

맨드라미 고개 수그리는 하오
구구단 외우지 못해
수업 끝나고 늦게까지 벌 청소하다가
혼자 듣고 돌아가는 풍금소리처럼,

산도화꽃 그늘 아래 • 나태주 • 야재영 • 권달웅 • 이준관

아버지의 쌀 한 톨

아버지에게 논은 목숨이었다.

극한 한발을 견뎌내고
갈라진 엉그름 논바닥의 벼는
피 속에서 자랐다.

피 뽑고 논매고
등뼈가 휘도록 엎드려 일해
누렇게 익은 벼가
가마니 째 정미소로 들어가
드디어 쌀이 되어
와아아 쏟아져 나올 때

그 윤기 자르르 도는 하얀 쌀을
돌덩이 손으로 받아들고
이로 꼭 깨물어 보고는
흐느끼듯 가슴으로 씩 웃으시던

아버지의 그 쌀 한 톨.

겸
상

메밀묵이 먹고 싶다.

달빛 같은 메밀향이 그립다.

어수룩하고 구수한 맛이 그립다.

메밀가루를 물대중하여

서서히 저어 굳힌 메밀묵,

은근히 당기는 맛이 좋다.

없어도 있는 듯한

말랑하고 야들야들한 맛,

달밤 다듬이소리처럼

아련한 그리움이 스민 메밀묵,

눈 내리는 밤 온돌방에서

눈물 많은 친구를 만나 겸상해

메밀묵을 먹고 싶다.

안
개
꽃

논두렁 밭두렁을 지나
닳고 닳은 호미를 들고 걸어오시는
우리 어머니 한숨 같은 꽃이여,

어려운 사람살이 무슨 꿈으로
하하하하하하하 하얗게
웃으며 눈물 참는가.
눈물 참으며 웃는가.

해 저문 아득한 하늘에
하나 둘 돋는 별을 새기며
공부하러 떠난 자식 생각하고 돌아오시는
우리 어머니 눈물 같은 꽃이여,

망우리 길

걷지 않아도 길은 이어진다. 떠나간 사람에게 마음을
주면서, 흔들리는 풀꽃은 내일이면 하얗게 쓰러질 것이
고 내일이면 흰 풀꽃 같은 사람들이 산으로 가 살 것이
지만 사람들은 모든 길이 망우리로 이어져 있음을 알지
못한다. 사람들은 오늘 걸어온 만큼 짧아진 길을 버려
도 하루해는 영원한 길을 버리지 않는다. 길을 서두르
지 마라. 삶이란 죽음으로 돌아가는 길이다. 오늘 하루
망우리 산기슭엔 누구를 위한 돌을 쪼는지, 아름다운
이름을 새기는 정소리가 가득하구나.

고향으로 가는
장님으로 가는
망우리 길,

풍경소리

운길산 수종사 추녀 끝

환한 보름달 속에 초롱꽃만한 종이 걸려 있다.

실바람에 댕그랑거리는

생철 붕어 한 마리,

그 열렬하던 사랑 다 어디로 갔는지

달빛 혼자 앞강을 건너간다.

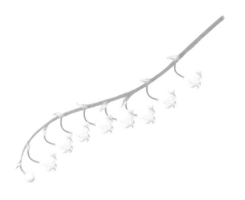

은
어

나 여기 떠나 태어난 곳으로 돌아간다면
청량산 육육봉 끌어안고
굽이굽이 돌아나가는 낙동강 상류 물 되리.
어머니 쪽진 비녀만한 은어가 되리.
하얀 외씨버선만한 은어가 되리.

나 여기 떠나 자라난 곳으로 돌아간다면
달밤에 올 고운 안동포 짜는 어머니 바디소리 만나리.
저 아득한 바다로 항해하는 수만 척의 배처럼
힘차게 물살을 가르며 거슬러 올라가,
가슴을 비추던 반짝이는 물 만나리.
꿈처럼 이슬 머금고 핀 들꽃 만나리.

나 여기 떠나 다시 살 곳으로 돌아간다면
원앙이 새끼쳐나가는 저 먼 비나리 지나
명경처럼 맑은 명호천 지나
더 이상 올라갈 수 없는 곳까지 거슬러 올라가,
내 혈관이 가을 물처럼 맑아지도록
강바닥 속 은모래 환히 비치는 청정한 마음으로 살리.
은어처럼 수박향기 나는 사람으로 살리.

서쪽 하늘

저물녘 종소리는 멀리까지 이어진다.
울면서 내려가는 물처럼
다가갈수록 서녘은 멀어진다.

아무것도 해놓은 일 없이
소실점으로 사라지는 하루가
차고 단단한 조약돌을 던져놓는다

언 빨래처럼 서걱거리는 시간이
고단한 그림자를 끌고
노을 속으로 사라진다.

막히고 부딪쳐도
멀리까지 이어지는 생,
저물녘 종소리가
철새처럼 서천으로 흩어진다.

목련꽃 어디쯤에

해마다 봄이 되면
여학생교복 칼라 같은
하얀 목련꽃이 핀다.

중학교 입학 한 달 앞두고
산새처럼 떠나버린
열세 살 귀난이 누이,
어머니는 가슴에 묻었다.

벌써 오십 년이 흘러갔다.
해마다 입학 철이 되면
목련꽃처럼 눈부신 여학생들이
웃으며 지나간다.

이젠 어머니 아버지도 누이를 만나러가고
아무도 모르는 무덤 어디쯤에
산새가 날아와 울다 간다.

권
실
이

    은수원을 떠난 바람이 사시나무 잎을 흔든다. 바람도 아무도 그가 열매를 맺지 못함을 알지 못 한다. 열매를 맺지 못함의 외로움, 천지에 가득한 햇빛도 내 것이 되지 못 한다. 권실아, 바람 부는 날 사시나무 잎은 하얗게 쓰러지지만 네 가슴에 흐른 강물은 한 많아 가슴에 옹이가 박혔구나. 권실아, 은수원을 떠나 서울 잠실벌에 별똥별같이 떨어진 권실아, 오늘은 은수원 사시나무 다 구부러진 가지에 무당새 한 마리 울고 있다,

장
마

오래 가뭄이 계속된 만큼
지상에는 그 며칠 동안 내리는
빗소리 가득하다.

꽃상여 행렬이 지나가듯
온 세상이
개구리 떼울음소리에
떠내려간다.

그 소리 끌고 내려가는
비나리 강 건너,
가시초피나무 붉은 열매가
빗방울을 먹고 익는다.

아득히 빗줄기를 따라가는
그 며칠 동안 가슴으로 듣는 천둥소리
어느덧 먼 산이 운석처럼
까맣게 젖는다.

민들레 · 꽃게야 · 숯돼기 · 용궁골 · 느티나무 그늘 한허리

부석 사과

부석사 들어가는 길은 사과밭이다.
사과가 동자승 머리 같다.
단풍 쓴 산이 자꾸 뒤따라왔다.

겹겹의 비단능선에 둘러싸여
빛깔 좋은 사과가 우르르
순흥 죽계천 피끝 마을까지
굴러갈 듯하다.

명주실타래처럼 감기는 가을햇살 아래
백팔번뇌를 이고 지어놓은
구름 위 무량수전,

잘 익은 부석 사과 속에
화엄의 향기가
맑은 은종소리처럼 멀리까지 퍼진다.

새와 사람

간밤 내린 서리에 떨어진
감잎은 쓸지 말고
그대로 두어야한다.

공양하는 마곡사 불이 스님
입에 문 땅콩을
오목눈이가 잽싸게 물어간다.

마가목 열매가 빨갛게 익는
암자 뒤 너럭바위에는
새가 먹을 물을
접시에 떠놓았다.

온 세상에 눈이 덮이면
새와 사람이 먹을 물과 열매를
나누어 가질 것이다.

먼 왕십리

1964년 초겨울 역마다 서는 완행열차는 경상북도 봉화에서 청량리까지 아홉 시간이 걸렸다. 어머니가 고추장항아리 쌀 한말을 이고 내린 보퉁이에는 큰 장닭 한 마리가 대가리를 내밀고 있었다.

나는 어머니와 이십 오원 하는 전차를 탔다. 사람들은 맨드라미처럼 새빨간 닭 볏을 신기한 듯 들여다보았다. 나는 닭대가리를 보퉁이 속으로 꾹꾹 눌러 넣었다. 아무리 꾹꾹 눌러 넣어도 힘 센 장닭은 계속 꾹꾹거리며 대가리를 내밀었다.

빨리 전차에서 내리고 싶었다. 손바닥에서 진땀이 났다. 전차는 땡땡거리고 가도 가도 왕십리는 멀기만 했다.

이팝꽃 그늘

땀 흘리고 일하다가 잠깐 쉬는
산그늘에 내리는 뻐꾸기 울음 같은
이팝꽃이 무더기로 피었다.

김이 오르는 하얀 쌀밥 같이
한꺼번에 핀 이팝꽃은
흙냄새도 나고 땀냄새도 나도
누룽지냄새도 났다.

내 생일날 아침
엄마가 일껏 지은 고봉의 하얀 쌀밥,
어서 먹어라. 어서,
나는 배부르다. 생각 없다.

산그늘의 뻐꾸기 울음 같은 꽃,
웃음 뒤에 감추어진
눈물 같은 꽃,

자벌레 한 마리

물푸레나무 잎에
자벌레 한 마리 기어간다.
몸을 늘였다 오므렸다
오체투지 한다.

저 먼 곳을 자로 재어보듯
한 걸음 한 걸음씩
엎드려서 간다.

시인처럼 잠시 머리를 쳐들고
나뭇가지가 되었다가는
헤진 무릎 재봉틀로 박음질하듯
도르르 입을 오물거린다.

더 이상 앞으로 나아갈 수 없는
벼랑에 이를 때까지
꼬불꼬불 능선을 넘어간다.

언덕길

쇠똥구리가 소똥을 굴린다.
소똥을 뭉쳐 안간힘을 쓰다가
언덕 아래로 놓쳐버린다.

온힘을 다하여 다시
굴려 올려야할 언덕길을
우두커니 내려다본다.

아파트 불빛이 저렇게 넘쳐나도
내 새끼 낳아 살 집 한 채 얻기가
이렇게 힘들구나.

식식대는 황소가 싸놓은 똥이
징검다리에 놓인 까만 돌처럼 드문드문한
망초꽃 하얗게 이우는 길,

산도화 화첩 그 늘 배상 · 나태주 · 권달웅 · 양재웅 · 이준관

미
혹

휴대폰이 터지지 않는
청량산 밑 가송리 농암 고택,
산골 깊은 밤이었다.

긍구당 앞 벼랑 숲에서
세 마리 새가 울었다.
두 마리는 소쩍새와 쏙독새였는데
길게 우는 한 마리 새는
아무리 귀를 기울여도
알 수 없었다.

숨어 우는 밤새소리가
휘이익 휘이익 휘이익
밤하늘에 하얗게 획을 긋는
별똥별처럼 지나갔다.

아무 것에도 홀리지 않고
오로지 한 올 새소리에만 홀리는
청정 산골의 밤,
솔방울만한 별이 밤새도록
내 가슴에 쏟아졌다.

분천

풀꽃을 흔들며
새벽이슬보다 먼저 내리는
협곡열차,

소금쟁이들이 뛰는
맑은 강기슭에는
동그란 조약돌이 굴러다녔다.

펴든 양산처럼
벼랑바위 큰 소나무 향기가
아픈 내 발등을 덮었다.

맨발로 산을 걸어 들어가면
반달이 약속 없이
먼저 마중 나와 있었다.

능
소
화

아침 이슬 내린 마당에
첫사랑의 편지처럼
능소화가 떨어져 있다.

아직도 꽃잎이 생생하다.
너무 고와 주워 드니
툭 하고 또 떨어진다.
여기저기 열아홉 순수가
아름답게 수 놓여 있다.

아침 햇살 퍼지는 마당에
분홍빛 편지가 온통 가득하다.

크낙새를 찾습니다

아득한 그 옛 시절
광릉 숲을 클락클락 울리는
초록빛 정 소리는
살아있는 생명이었습니다.

자연과 더불어 살다가
사람들에 의해 멀리 떠나버린
크낙새는 지금 어디 숲에서
둥지를 틀고 있을까요.

까만 몸통에
배와 날개 끝부분이 하얗고
도가머리 꼭대기에 붉은 금관을 뽐내는
이 땅의 마지막 영혼
크낙새를 찾습니다.

공손한 귀

집 앞 골목으로 지나가는 발자국소리에
공공공 개가 짖는다.
깊은 밤 후드득거리는 빗소리에
내 귀가 밝아진다.

나는 불 꺼진 방에서
비 오는 바깥세상 소리를 듣는다.
물질과 욕망의 굴레를 벗어날 수 없는
내가 슬픈 그녀를 생각한다.
아무것도 모르던 내 귀가
점점 공손해진다.

내 귀가 비의 속도와 양을 재고 있다.
나는 빗소리에 젖어
어둠속에 고개 수그리고 있는 나무가
밤나무인지 감나무인지 자귀나무인지 오동나무인지
후드득거리는 빗소리만 듣고
그 나무이름을 알아낸다.

피에타

아래로 내려갈수록 깊어지는
물을 아는가.
주고 주어도 모자라는 마음,

죽은 예수를 가슴으로 안고
비탄에 잠기어
무언의 무한한 대화를 나누는
성모 마리아처럼

궂은 것은 마다하지 않고
혼자 다 껴안고
헌신해온 마음을
누가 알겠는가.

지금 어머니는
잣눈 하얗게 덮어쓴 구상나무처럼
많이 수척하셨다.

적막강산

산은 안으로 들어갈수록 적막하다.
강원도 정선 북평 숙암리
한발을 헛디디면 나락으로 떨어진다.

가파른 세상살이 벼랑길
돌아 돌아가도 등에 걸리는 능선,
해와 달이 번갈아 끌고 온
안돌이 지돌이 다래미 한숨바우
휴! 한숨만 나온다.

난공불락 바위산을 휘감고 도는 물소리가
시달려온 몸과 마음을 뚫고
퀄퀄퀄 쏟아진다.

지하철에서 잠깐씩

엮어놓은 굴비두름처럼
사람들이 줄줄이 흔들린다.
앉은 자리엔 방금 일어난 사람 온기가
미지근히 남아 있다.

창백한 불빛에 젖은 사람들이
말없이 고개를 숙이고
스마트폰에 빠져 있다.
그들 속에 내가 들어있다.

어디서 만나지 않았던가요.
평행선상에서 흔들리는 사람들이
무표정한 얼굴로 무표정한 얼굴을
멍하니 바라본다.

잠실나루와 강변 사이 유리창엔
강물이 흘러가고
언강에 내려앉아있던 철새들이
하얗게 떼 지어 날아간다.

산토하와 꽃그늘 아래 · 권달웅 · 나타나 · 가려운 여명 · 이쥔라

기억나지 않는가요.

저마다 각각 다른 생각에 젖은 사람들이

잠깐씩 만났다가 떠나는 시간이

2분마다 뒤로 물러난다.

토렴하는 국밥

겨울 남대문시장
국밥집 아주머니가
소뼈를 고아 우려낸 국물을
밥에 부었다 따랐다 부었다 따랐다
토렴을 한다.

새벽 일찍부터 나와 일하다가
끼니를 거른 사람들이
언 손 불면서 깍두기 집어먹고
뜨끈뜨끈한 국물을
후루룩 들이마신다.

썰렁한 몸이 후끈해진다.
춥고 쓰린 허기를 덮여주는
국물의 온기,
하수구 얼어붙은 밥알을 쪼아 먹다가
날아오르는 비둘기 떼들이
후루룩 소리를 낸다.

신화경 둘레 하이쿠 · 권준영 · 나비구 하야야 · 이준권

살아가는 사람들 냄새가 와글거리는

겨울 남대문 시장,

뜨거운 김이 무럭무럭 솟아오르는

국밥 한 그릇이

노동의 고단함을 데워준다.

머슴

칠석날 낙동강에 은하수가 걸리면 안동포 백 필이 머슴의 가슴에 널리더라. 숨어 울던 새댁아, 시퍼런 강물에 안동포 흔들어 빨고 살아온 한이 까마귀울음으로 사무치던가. 등급은 허리로 남두 수심을 오르는 머슴아, 오늘은 물고기 떼 새까맣게 몰려와 네 울음 칠성판에 흩어주고 있다.

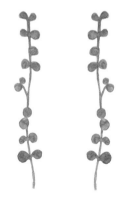

겨울나무에게

연두 잎이 봄빛을 알기 전에
나는 너의 귀를 자르겠다.
사나운 바람을 듣지 못하도록,

가지가 폭설에 찢기기 전에
나는 너의 혀를 자르겠다.
모진 추위를 말하지 못하도록,

이제 나는 너의 모든 것을 차단하겠다.
들어도 침묵하고 살아가는
어두운 세상을 네가 알지 못하도록,

묵
죽

싸락눈이 흩날리면서부터
오죽과 오죽 잎이 서로 부딪쳐
싸각 싸각거렸다.

까만 오죽 대에 눈발이 들이칠수록
부러지지 않으려고 휘어진
곧고 푸른 소리들이
강철처럼 쟁강거렸다.

파도에 찢기면서 파도에 일어서는
바다의 푸른 힘이
만 리 밖까지 덮는 달빛의 혼처럼
오죽헌 뜰에 수런거렸다.

마디마디마다 하얗게 그어진 칼금이
동천을 날아가는 기러기처럼
언 댓가지에 파고들어
먹빛으로 울었다.

나태주

tj4503@naver.com

충남 서천 출생. 1971년《서울신문》신춘문예로 등단.
『대숲아래에서』외 50여권의 시집과 산문집을 출간했다.
소월시문학상, 정지용문학상 등 수상.

산도화꽃 그늘 아래

나태주

햇빛과   바람과   흙냄새

나 군은 한국의 전통적인 서정시를 계승하여 오늘의 것으로 빚어놓은
희귀한 시인이다. 묵은 가지에 열리는 그의 알찬 열매는 어느 것이나
오늘의 것으로서의 참신성과 신선미를 잃지 않고 있다. 그런 뜻에서
그의 작품은 누구에게나 친근감과 신선감을 베풀어 주리라 확신한다.

— 박목월 · 시인

시대와 사회적 추세에 휩쓸려 자기 세계의 거점을 찾지 못하고
표류하기만 하는 사람들 속에서, 현대인에게 더욱 절실하게 요청되는
원점으로서의 향토 · 자연에의 친화를, 거창한 외침이나 몸짓으로서가
아니라, 향토 · 자연 그대로의 햇빛으로, 바람 소리로, 흙냄새로 우리
에게 제시해주고 있는 것이 나태주의 시이다.

— 정한모 · 시인

나태주 시인은 우리 시단에서 서정시의 한 축을 받들고 있는 튼튼한
기둥의 하나다. 뜻 모를 언어의 혼돈 속에서 몸부림치고 있는, 익사
직전의 요즘 우리 시단을 볼 때 나태주 시인의 수상이 의미하는 바가
적지 않을 것으로 생각한다. 무엇보다 그의 시가 항상 건강하고, 아름
답고, 인간적인 세계관을 지향하고 있다는 점에서.

— 오세영 · 시인

인생의 진실, 우주의 진리는 거창한 이론이나 기묘한 논리에서 오는
것이 아니라. 단정하고 고요하게 세상을 바라볼 때 저절로 솟아나는
것임을 그의 시가 깨닫게 한다. 이러한 발견과 터득의 기법은 지구
역사상 어느 누구도 시도한 적이 없다. 나태주 시인만이 이렇게 했다.
이로써 그는 하나님 다음 자리의 창조자가 되었다.

— 이숭원 · 문학평론가

시 의 주 태 나

시 1

마당을 쓸었습니다
지구 한 모퉁이가 깨끗해졌습니다

꽃 한 송이 피었습니다
지구 한 모퉁이가 아름다워졌습니다

마음속에 시 하나 싹텄습니다
지구 한 모퉁이가 밝아졌습니다

나는 지금 그대를 사랑합니다
지구 한 모퉁이가 더욱 깨끗해지고
아름다워졌습니다.

대숲 아래서

바람은 구름을 몰고
구름은 생각을 몰고
다시 생각은 대숲을 몰고
대숲 아래 내 마음은 낙엽을 몬다.

밤새도록 댓잎에 별빛 어리듯
그슬린 등피에는 네 얼굴이 어리고
밤 깊어 대숲에는 후둑이다 가는 밤 소나기 소리.
그리고도 간간이 사운대다 가는 밤바람 소리.

어제는 보고 싶다 편지 쓰고
어젯밤 꿈엔 너를 만나 쓰러져 울었다.
자고 나니 눈두덩엔 메마른 눈물자죽,
문을 여니 산골엔 실비단 안개.

모두가 내 것만은 아닌 가을,
해 지는 서녘구름만이 내 차지다.
동구 밖에 떠드는 애들의
소리만이 내 차지다.
또한 동구 밖에서부터 피어오르는

밤안개만이 내 차지다.

하기는 모두가 내 것만은 아닌 것도 아닌
이 가을,
저녁밥 일찍이 먹고
우물가에 산보 나온
달님만이 내 차지다.
물에 빠져 머리칼 헹구는
달님만이 내 차지다.

가을 서한

끝내 빈 손 들고 돌아온 가을아,
종이 기러기 한 마리 안 날아오는 비인 가을아,
내 마음까지 모두 주어버리고 난 지금
나는 또 그대에게 무엇을 주어야 할끼 몰라.

새로 국화잎새 따다 수놓아
새로 창호지문 바르고 나면
방안 구석구석까지 밀려들어오는 저승의 햇살.
그것은 가난한 사람들만의 겨울 양식.

다시는 더 생각하지 않겠다,
다짐하고 내려오는 등성이에서
돌아보니 타닥타닥 영그는 가을 꽃씨 몇 옴큼.
바람 속에 흩어지는 산 너머 기적 소리.

가을은 가고
남은 건
바바리코트 자락에 날리는 바람
때 묻은 와이셔츠 깃.

가을은 가고

남은 건

그대 만나러 가는 골목길에서의

내 휘파람 소리.

첫눈 내리는 날에

켜질

그대 창문의 등불빛

한 초롱.

돌
계
단

네 손을 잡고 돌계단을 오르고 있었지.

돌계단 하나에 석등이 보이고
돌계단 둘에 석탑이 보이고
돌계단 셋에 극락전이 보이고
극락전 뒤에 푸른 산이 다가서고
하늘에는 흰구름이 돛을 달고 마악
떠나가려 하고 있었지.

하늘이 보일 때 이미
돌계단은 끝이 나 있었고
내 손에 이끌려 돌계단을 오르던 너는
이미 내 옆에 없었지.

훌쩍 하늘로 날아가 흰구름이 되어버린 너!

우리는 모두 흰구름이에요, 흰구름.
육신을 벗고 나면 이렇게 가볍게 빛나는
당신이나 저나 흰구름일 뿐이에요.

너는 하늘 속에서 나를 보며 어서 오라 손짓하며 웃고
나는 너를 따라갈 수 없어 땅에서 울고 있었지.
발을 구르며 땅에 서서 울고만 있었지.

빈손의 노래

가을에는 빈 뜨락을
거닐게 하소서.

맨발 벗은 구름 아래
괴벗은* 마음으로
주머니에 손을 찌르고 들길을 돌아와
끝내 빈손이게 하소서.

가을에는 혼자 몸져 앓아누워
담장 너머 성한 사람들 떠드는 소리
귀동냥해 듣게 하소서.

무너져 내린 꽃밭 귀퉁이
아직도 분명 불타고 있을 사르비아꽃 대궁이에
황량히 쌓이고 있을
이국의 햇볕이나
속맘으로 요량해 보게 하소서.

---

* 〈헐렁한, 풀어진 듯한〉의 뜻.

들판이 자꾸 남루를
벗기 시작하는데,
나무들이 자꾸 그 부끄러운 곳을
드러내 보이기 시작하는데,

내 그대 위해 예비한 건
동산 위에 밤마다 솟는
저 임자 없는 달님뿐이다.
새로 바른 문풍지에 새어나오는
저 아슴한 불빛 한 초롱뿐이다.

누군가의 어깨가 어둠 속으로 사라져 가는데,
누군가의 발자국이 어둠 속에서 돌아오는데,

이 가을 다 가도록
그대 위해 예비한 건
가늘은 바람 하나에도 살아 소근대는
대숲의 저 작은 노래뿐이다.

아침마다 산에 올라

혼자 듣다 돌아오는

키 큰 소나무

머리칼 젖은 송뢰뿐이다.

애당초 아무 것도

바라지 말았어야 했던 걸 모르고

너무 많은 걸 꿈꾸다가

너무 많은 걸 찾아다니다가

아무 것도 찾지 못하고 만

이제 또 가을.

문지방에 풀벌레 소리

다 미쳐 왔으니

염치없는 손으로

어느 들녘에 가을걷이하러 갈까?

허나, 더 늦기 전에

나도 들로 내려

드디어 낭자히 풀벌레 소리 강물 된 옆에

실개천 물소리 되어 따라 흐르다가
허리 부러진 햇살이나
주머니에 가득 담아가지고
한나절 흥얼흥얼 돌아올거나.

오는 길에 그래도
해가 남으면
산에 올라 들국화 몇 송이 꺾어 들고
저승의 바닷비린내 묻어오는
솔바람 소리나 두어 마지기 빌려다가
내 작은 뜨락에
내 작은 노래 시켜볼거나.

배
회

사랑하는 사람아, 너는 모를 것이다.
이렇게 멀리 떨어진 변방의 둘레를 돌면서
내가 얼마나 너를 생각하고 있는가를.

사랑하는 사람아, 너는 까마득 짐작도 못할 것이다.
겨울 저수지의 외곽길을 돌면서
맑은 물낯에 산을 한 채 비쳐보고
겨울 흰구름 몇 송이 띄워보고
볼우물 곱게 웃음 웃는 너의 얼굴 또한
그 물낯에 비쳐보기도 하다가
이내 싱거워 돌맹이 하나 던져 깨뜨리고 마는
슬픈 나의 장난을.

솔바람 소리는 그늘조차 푸른빛이다.
솔바람 소리의 그늘에 들면 옷깃에도
푸른 옥빛 물감이 들 것만 같다.

사랑하는 사람아,
내가 너를 생각하는 마음조차 그만
포로소름 옥빛 물감이 들고 만다면

권선이 • 엉겨야 • 주때나 • 몽로런 • 하늘 혹 그 홋 화화산

어찌겠느냐 어찌겠느냐.

솔바람 소리 속에는
자수정 빛 네 눈물 비린내 스며 있다.
솔바람 소리 속에는
비릿한 네 속살 내음새 묻어 있다.

사랑하는 사람아,
내가 너를 사랑하는 이 마음조차 그만
눈물 비린내에 스미고 만다면
어찌겠느냐 어찌겠느냐.

나는 지금도 네게로 가고 있다.
마른 갈꽃 내음 한 아름 가슴에 안고
살얼음에 버려진 골목길 저만큼
네모난 창문의 방안에 숨어서
나를 기다리는
빨강 치마 흰 버선 속의 따스한 너의 맨발을 찾아서.
네 열 개 발가락의 잘 다듬어진 발톱들 속으로.

지금도 나는 네게로 가고 있다.

마른 갈꽃송이 꺾어 한 아름 가슴에 안고

처마 밑에 정갈히 내건 한 초롱

네 처녀의 등불을 찾아서.

네 이쁜 배꼽의 한 접시 목마름 속으로

기뻐서 지줄대는 네 실핏줄의 노래들 속으로.

들국화 1

울지 않는다면서 먼저
눈썹이 젖어

말로는 잊겠다면서 다시
생각이 나서

어찌하여 우리는
헤어지고 생각나는 사람들입니까?

말로는 잊어버리마고
잊어버리마고……

등피
아래서.

살다 보면 눈물날 일도
많고 많지만
밤마다 호롱불 밝혀
네 강심江心에 노를 젓는
나는 나룻배.

아침이면

이슬길 풀섶길 돌고 돌아

후미진 곳

너 보고픈 마음에

하얀 꽃송이 하날 피웠나부다.

들국화 2

바람 부는 등성이에
혼자 올라서
두고 온 옛날은
생각 말자고,
아주아주 생각 말자고.

갈꽃 핀 등성이에
혼자 올라서
두고 온 옛날은
잊었노라고,
아주아주 잊었노라고.

구름이 헤적이는
하늘을 보며
어느 사이
두 눈에 고이는 눈물.
꽃잎에 젖는 이슬.

막동리 소묘

아스라이 청보리 푸른 숨소리 스민 청자의 하늘,
눈물 고인 눈으로 바라보지 마셔요.
눈물 고인 눈으로 바라보지 마셔요.
보리밭 이랑 이랑마다 솟는 종다리.

얼굴 붉힌 비둘기 발목같이 발목같이
하늘로 뽑아 올린 복숭아나무 새순들.
하늘로 팔을 벌린 봄 과원의 말씀들.
그같이 잠든 여자, 고운 눈썹 잠든 여자.

내버려 두라, 햇볕 드는 대로 바람 부는 대로
때가 되면 사과나무에 사과꽃 피고
누이의 앵두나무에 누이의 앵두가 익듯
네 가슴의 포도는 단물이 들 대로 들을 것이다.

모음으로 짜개지는 옥빛 하늘의 틈서리로
우우우우, 사랑의 내력來歷 보 터져오는 솔바람 소리.
제가 지껄인 소리 제가 들으려고
오오오오, 입을 벌리는 실개천 개울물 소리.

겨우내 비워둔 나의 술잔에
밤새워 조곤조곤 봄비 속살거리고
사운사운 살을 씻는 댓잎의 노래,
비워도 비워도 넘치네. 자꾸 술이 넘치네.

물안개에 슬리는 차운 산허리
뻐꾸기 울음 소리 감돌아 가고
가난하고 가난하고 또 가난하여라,
아침마다 골짝 물소리에 씻는 나의 귀.

감나무 나무 속잎 나고
버드나무 실가지에 연둣빛 칠해지는 거,
아, 물찬 포강배미 햇살이 허물 벗는 거,
보리밭에 바람이 맨살로 드러눕는 거.

그 계집애, 가물가물 아지랑이 허리를 가진.
눈썹이 포로소롬 풋보리 같은.
그 계집애, 새봄맞이 비를 맞은 마늘촉 같은.
안개 지핀 대숲에 달덩이 같은.

유채꽃밭 노오란 꽃 핀 것만 봐도 눈물 고였다.
너무나 순정적인 너무나 맹목적인
아, 열여섯 살짜리 달빛의 이슬의
안쓰러운 발목이여. 모가지여. 가슴이여.

덤으로 사는 목숨 그림자로 앉아서
반야심경을 펴 든 날 맑게 눈튼 날
수풀 속을 헤쳐온 바람이 책장을 넘겨 주데.
꾀꼬리 울음 소리가 대신해서 경을 읽데.

기
쁨

난초 화분의 휘어진
이파리 하나가
허공에 몸을 기댄다

허공도 따라서 휘어지면서
난초 이파리를 살그머니
보듬어 안는다

그들 사이에 사람인 내가 모르는
잔잔한 기쁨의
강물이 흐른다.

사랑하는 마음 내게 있어도

사랑하는 마음
내게 있어도
사랑한다는 말
차마 건네지 못하고 삽니다
사랑한다는 그 말 끝까지
감당할 수 없기 때문

모진 마음
내게 있어도
모진 말
차마 하지 못하고 삽니다
나도 모진 말 남들한테 들으면
오래오래 잊혀지지 않기 때문

외롭고 슬픈 마음
내게 있어도
외롭고 슬프다는 말
차마 하지 못하고 삽니다
외롭고 슬픈 말 남들한테 들으면
나도 덩달아 외롭고 슬퍼지기 때문

사랑하는 마음을 아끼며
삽니다
모진 마음을 달래며
삽니다
될수록 외롭고 슬픈 마음을
숨기며 삽니다.

내가 사랑하는 계절

내가 제일로 좋아하는 달은
십일월이다
더 여유 있게 잡는다면
십일월에서 십이월 중순까지다

낙엽 져 홀몸으로 서 있는 나무
나무들이 깨금발을 딛고 선 등성이
그 등성이에 햇빛 비쳐 드러난
황토 흙의 알몸을
좋아하는 것이다

황토 흙 속에는
시제時祭 지내러 갔다가
막걸리 두어 잔에 취해
콧노래 함께 돌아오는
아버지의 비틀걸음이 들어 있다

어린 형제들이랑
돌담 모퉁이에 기대어 서서 아버지가
가져오는 봉송封送 꾸러미를 기다리던

해 저물녘 한 때의 굴품한* 시간들이
숨쉬고 있다

아니다 황토 흙 속에는
끼니 대신으로 어머니가
무쇠 솥에 찌는 고구마의
구수한 내음새 아스므레
아지랑이가 스며 있다

내가 제일로 좋아하는 계절은
낙엽 져 나무 밑둥까지 드러나 보이는
늦가을부터 초겨울까지다
그 솔직함과 청결함과 겸허를
못 견디게 사랑하는 것이다.

---

* 〈배가 고픈 듯한〉, 〈시장기가 드는 듯한〉의 충청도 방언.

시 2

그냥 줍는 것이다

길거리나 사람들 사이에
버려진 채 빛나는
마음의 보석들.

시의 온도 • 김태웅 • 권글옹 • 와재형 • 이인권

상화호 틀고 우아채

사는 일

오늘도 하루 잘 살았다
굽은 길은 굽게 가고
곧은 길은 곧게 가고

막판에는 나를 싣고
가기로 되어 있는 차가
제 시간보다 일찍 떠나는 바람에
걷지 않아도 좋은 길을 두어 시간
땀 흘리며 걷기도 했다

그러나 그것도 나쁘지 아니했다
걷지 않아도 좋은 길을 걸었으므로
만나지 못했을 뻔했던 싱그러운
바람도 만나고 수풀 사이
빨갛게 익은 멍석딸기도 만나고
해 저문 개울가 고기비늘 찍으러 온 물총새
물총새, 쪽빛 날갯짓도 보았으므로

이제 날 저물려 한다
길바닥을 떠돌던 바람은 잠잠해지고
새들도 머리를 숲으로 돌렸다
오늘도 하루 나는 이렇게
잘 살았다.

세상에 나를 던져보기로 한다
한 시간이나 두 시간

퇴근 버스를 놓친 날 아예
다음 차 기다리는 일을 포기해버리고
길바닥에 나를 놓아버리기로 한다

누가 나를 주워가 줄 것인가?
만약 주워가 준다면 얼마나 내가
나의 길을 줄였을 때
주워가 줄 것인가?

한 시간이나 두 시간
시험 삼아 세상 한복판에
나를 던져보기로 한다

나는 달리는 차들이 비껴 가는
길바닥의 작은 돌멩이.

기
도

내가 외로운 사람이라면
나보다 더 외로운 사람을
생각하게 하여 주옵소서

내가 추운 사람이라면
나보다 더 추운 사람을
생각하게 하여 주옵소서

내가 가난한 사람이라면
나보다 더 가난한 사람을
생각하게 하여 주옵소서

더욱이나 내가 비천한 사람이라면
나보다 더 비천한 사람을
생각하게 하여 주옵소서

그리하여 때때로
스스로 묻고
스스로 대답하게 하여 주옵소서

나는 지금 어디에 와 있는가?

나는 지금 어디로 향해 가고 있는가?

나는 지금 무엇을 보고 있는가?

나는 지금 무엇을 꿈꾸고 있는가?

오늘의 약속

덩치 큰 이야기, 무거운 이야기는 하지 않기로 해요
조그만 이야기, 가벼운 이야기만 하기로 해요
아침에 일어나 낯선 새 한 마리가 날아가는 것을
보았다든지
길을 가다 담장 너머 아이들 떠들며 노는 소리가 들려
잠시 발을 멈췄다든지
매미 소리가 하늘 속으로 강물을 만들며 흘러가는
것을 문득 느꼈다든지
그런 이야기들만 하기로 해요

남의 이야기, 세상 이야기는 하지 않기로 해요
우리들의 이야기, 서로의 이야기만 하기로 해요
지나간 밤 쉽게 잠이 오지 않아 애를 먹었다든지
하루 종일 보고픈 마음이 떠나지 않아 가슴이
뻐근했다든지
모처럼 개인 밤하늘 사이로 별 하나 찾아내어
숨겨놓은 소원을 빌었다든지
그런 이야기들만 하기로 해요

실은 우리들 이야기만 하기에도 시간이 많지 않은 걸
우리는 잘 알아요
그래요, 우리 멀리 떨어져 살면서도
오래 헤어져 살면서도 스스로
행복해지기로 해요
그게 오늘의 약속이에요.

비
단
강

비단강이 비단강임은

많은 강을 돌아보고 나서야

비로소 알겠습디다

그대가 내게 소중한 사람임은

더 많은 사람들을 만나고 나서야

비로소 알겠습디다

백 년을 가는

사람 목숨이 어디 있으며

50년을 가는

사람 사랑이 어디 있으랴……

오늘도 나는

강가를 지나며

되뇌어 봅니다.

내가 너를

내가 너를
얼마나 좋아하는지
너는 몰라도 된다.

너를 좋아하는 마음은
오로지 나의 것이요,
나의 그리움은
나 혼자만의 것으로도
차고 넘치니까……

나는 이제
너 없이도 너를
좋아할 수 있다.

서울, 하이에나

결코 사냥하지 않는다

먹다 남긴 고기를 훔치고
썩은 고기도 마다하지 않는다
어찌 고기를 훔치는 발톱이
고독을 안다 하겠는가?
썩은 고기를 찢는 이빨이
슬픔을 어찌 안다고 말하겠는가?

딸아, 사냥하기 싫거든
차라리 서울서
굶다가 죽어라.

사는 법

그리운 날은 그림을 그리고
쓸쓸한 날은 음악을 들었다

그리고도 남는 날은
너를 생각해야만 했다.

사랑에 답함

예쁘지 않은 것을 예쁘게
보아주는 것이 사랑이다

좋지 않은 것을 좋게
생각해주는 것이 사랑이다

싫은 것도 잘 참아주면서
처음만 그런 것이 아니라

나중까지 아주 나중까지
그렇게 하는 것이 사랑이다.

한 사람 건너

한 사람 건너 한 사람
다시 한 사람 건너 또 한 사람

애기 보듯 너를 본다

찡그린 이마
앙다문 입술

무슨 마음 불편한 일이라도
있는 것이냐?

꽃을 보듯 너를 본다.

황홀 극치

황홀, 눈부심
좋아서 어쩔 줄 몰라 함
좋아서 까무러칠 것 같음
어쨌든 좋아서 죽겠음

해 뜨는 것이 황홀이고
해 지는 것이 황홀이고
새 우는 것 꽃 피는 것 황홀이고
강물이 꼬리를 흔들며 바다에
이르는 것 황홀이다

그렇지, 무엇보다
바다 울렁임, 일파만파, 그곳의 노을,
빠져 죽어버리고 싶은 충동이 황홀이다

아니다, 내 앞에
웃고 있는 네가 황홀, 황홀의 극치다

도대체 너는 어디서 온 거냐?
어떻게 온 거냐?

왜 온 거냐?

천 년 전 약속이나 이루려는 듯.

.

너를 두고

세상에 와서
내가 하는 말 가운데서
가장 고운 말을
너에게 들려주고 싶다

세상에 와서
내가 가진 생각 가운데서
가장 예쁜 생각을
너에게 주고 싶다

세상에 와서
내가 할 수 있는 표정 가운데
가장 좋은 표정을
너에게 보이고 싶다

이것이 내가 너를
사랑하는 진정한 이유
나 스스로 네 앞에서 가장
좋은 사람이 되고 싶은 소망이다.

지상에서의 며칠

때 절은 조이 창문 흐릿한 달빛 한줌이었다가
바람 부는 들판의 키 큰 미루나무 잔가지 흔드는
바람이었다가
차마 소낙비일 수 있었을까? 겨우
옷자락이나 머리칼 적시는 이슬비였다가
기약 없이 찾아든 바닷가 민박집 문지방까지 밀려와
칭얼대는 파도 소리였다가
누군들 안 그러랴
잠시 머물고 떠나는 지상에서의 며칠, 이런 저런 일들
좋았노라 슬펐노라 고달팠노라
그대 만나 잠시 가슴 부풀고 설렜었지
그리고는 오래고 긴 적막과 애달픔과 기다림이 거기
있었지
가는 여름 새끼손톱에 스며든 봉숭아 빠알간
물감이었다가
잘려 나간 손톱조각에 어른대는 첫눈이었다가
눈물이 고여서였을까? 눈썹
깜짝이다가 눈썹 두어 번 깜짝이다가…….

혼자서

무리지어 피어 있는 꽃보다
두 셋이서 피어 있는 꽃이
도란도란 더 의초로울 때 있다

두 셋이서 피어 있는 꽃보다
오직 혼자서 피어있는 꽃이
더 당당하고 아름다울 때 있다

너 오늘 혼자 외롭게
꽃으로 서 있음을 너무
힘들어 하지 말아라.

산도화와 그 붉은 비애 · 나태주 · 권규이 · 영재야

풀
꽃

자세히 보아야
예쁘다

오래 보아야
사랑스럽다

너도 그렇다.

너와 함께라면 인생도 여행이다

인생이 무엇인가
한 마디로 말하는 사람 없고
인생이 무엇인가
정말로 알고 인생을 사는 사람 없다

어쩌면 인생은 무정의용의 같은 것
무작정 살아보아야 하는 것
옛날 사람들도 그랬고 오늘도 그렇고
앞으로도 오래 그래야 할 것

사람들 인생이 고달프다 지쳤다
힘들다고 입을 모은다
가끔은 화가 나서
내다 버리고 싶다고까지 불평을 한다

그렇지만 말이다
비록 그러한 인생이라도
사랑하는 사람과 함께라면
조금쯤 살아볼 만한 것이 아닐까

인생은 고행이다! 그렇게
말하는 사람들 있다
우리 여기서 '고행'이란 말
'여행'이란 말로 한번 바꾸어보자

인생은 여행이다!
더구나 사랑하는 너와 함께라면
그것은 얼마나 가슴 벅찬 여행일 것이며
아기자기 즐겁고 아름다운 여정일 거냐

너도 부디 나와 함께
힘들고 지치고 고달픈 인생
여행이라고 생각해주면 좋겠구나
지구 여행 잘 마치고 지구를 떠나자꾸나.

명사산 추억

헛소리 하지 말아라
누가 뭐래도 인생은 허무한 것이다
먼지 날리는 이 모래도 한 때는 바위였고
새하얀 조그만 뼈 조각 하나두 한 때는
용사의 어깨였으며 미인의 얼굴이었다

두 번 말하지 말아라
아무리 우겨도 인생은 고해 그것이다
즐거울 생각 아예 하지 말고
좋은 일 너무 많이 꿈꾸지 말아라
해 으스름 녘 모래 능선을 타고 넘어가는
어미낙타의 서러운 울음소리를 들어 보아라

하지만 어디선가 또다시 바람이 인다
높은 가지 나무에 모래바람 소리가 간다
가슴이 따라서 두근거려진다
그렇다면 누군가 두고 온 한 사람이 보고 싶은 거다
또다시 누군가를 다시 사랑하고 싶어
마음이 안달해서 그러는 것이다

꿈꾸라 그리워하라 깊이, 오래 사랑하라
우리가 잠들고 쉬고 잠시 즐거운 것도
다시금 고통을 당하기 위해서이고
고통의 바다 세상 속으로 돌아가기 위함이다
그리하여 또다시 새롭게 꿈꾸고 그리워하고
깊이, 오래 사랑하기 위함이다.

길거리에서의 기도

길거리에서
바람 부는 길거리에서
먼길 채비하는 너의 발을 잡고
기도를 한다

이 발에 축복 있으소서
가호 있으소서
먼 길 가도 부디
지치지 않게 하시고

어려운 일 파도를 지나
다시 밝은 등불 켜지는
이 거리 이곳으로
끝내 돌아오게 하소서

그러면 금세 너는
한 마리 기린이 되기도 한다
키가 크고 다리도 튼튼한
기린 말이다

성큼성큼 걸어서 그래

빌딩 사이 별 밭 사이

머나먼 길 떠났다가

다시 내 앞으로 돌아오거라.

유재영

dhak2@hanmail.net

충남 천안 출생. 1973년 시 박목월, 시조 이태극 추천으로 문단에 나옴.
시집《와온의 저녁 》시조집《느티나무 비명》등이 있음.
가람상, 편운상 등 수상.

산도화꽃 그늘 아래

유재영

나뭇잎 한 장에도 경전의 깊이가 있다

문명이 발달하면서 합리적 사고가 확대되고 신비주의가 퇴조하자 샤먼은 점차 사라지게 되었다. 그러나 초월적 존재와 신비주의적 영적 체험에 대한 민중의 지향은 사라지지 않았다.……유재영의 서정시는 대부분 자연을 매개로 하고 있다. 그는 자연을 통해 세상만사의 희로애락을 노래한다. 때로는 민중의 아픈 역사도 자연을 통해 표현한다. 그에게 자연은 샤먼적 직관과 예언의 매개물이다.　　　— 이숭원·문학평론가

시조 양식에서는 쉽게 발견할 수 없는 사회적 음역이 유재영의 시조에서 구현되고 있는 것이나 서정 양식의 짧은 호흡과 간결한 양식이 다른 어느 서정 시인보다 훌륭하게 표현하고 있는 것이 유재영의 서정시의 특색이기 때문이다. 유재영에게 있어서 서정시와 시조는 아름답게 공존하고 있는데, 이는 현재도 그럴 것이고, 앞으로도 그럴 것이다. 그것은 이 두 양식이 갖는 장르적 특성들이 상호보완 되면서 시인이 추구하는 시 정신을 절묘하게 표현해주기 때문이다.　　　— 송기한·문학평론가

유재영 시학의 근저에는 서정의 존재론이 충일하게 깃들이고 있다. 그는 뭇 존재자들에 대한 깊은 탐색과 모국어의 심미적 가능성 확대 그리고 근원에 대한 사색과 표현을 통합시키려는 노력을 균질적으로 펼쳐온 시인이다. 최근 다채로운 언어적 파격과 서정시의 외연 확대를 기획하는 경향이 많이 나타나고 있지만, 유재영 시인은 그러한 한시적 열정이 새로운 시학을 이끌어갈 수는 없다는 믿음 아래, 여전히 시인 자신의 성찰적 회귀 욕망이 서정의 깊은 수원(水原)이 되고 있음을 가멸차게 증언하고 있다.　　　— 유성호·문학평론가

유재영 시들을 읽다보면 이 시인의 눈과 귀가 자연을 향해 활짝 열려있음을 발견하게 된다. 자연이 섭리는 인간이 지식이자 논리로 다가서기에는 너무 넓고 깊다. 애초에 그것은 도달할 수 있는 한계 저 너머에 위치한다. 그의 시를 자세히 들여다보면 나뭇잎 한 장에서도 경전의 깊이를 읽어내는 탁월한 감각적 언어의 소유자임을 발견하게 된다.　— 김유중·문학평론가

이슬 동네

풀잎에
모인
이슬방울

바람이 분다
아슬
아슬

가장 낮고
위태로운 동네

내려온
어둠이
말갛게 고인다

내일 아침
이곳으로
나비들
발 담그러
오겠다

먼
길

세 들어 살던 떡갈나무 숲을 비우고
산등성이를 넘어가는 오소리 가족이 있다

지난 밤 먹을 것을 구하러 인가 가까이 갔던
막내는 끝내 모습을 보이지 않았다

힐끗 뒤돌아본 떡갈나무 숲에는
벌써 흰 눈이 쌓이고 있었다

은스푼 같은 달이 뜨는 곳,

고형렬 · 은스푼 · 아우라 · 숨비소리 · 정재학 · 이원규

지상에서의 한 모금

갑자기 수천의 은사시 나뭇잎이 흔들리더니

토란잎에 얹혀 있던 물방울이 똑! 떨어진다

지구의 발등이 젖는다

이런 고요

하늘길 먼 여행에서 돌아온 구름 가족이 희고 부드러운 목덜미를 잠시 수면에 담그고 있는 동안 이곳에서 생애의 첫여름을 보낸 호기심 많은 갈겨니 새끼들이 물밖으로 튀어 올랐다가 다시 수초 사이로 재빨리 사라진다 일순, 움찔했던 저수지가 다시 조용해졌다

변성기의 아침

창 열린 집을 지나
자작나무숲을 지나
아그배꽃 핀 아침
장수하늘소가
묵은 가지에서
천천히 내려오고
혀가 예쁜 새들은
조금 전부터
울기 시작했다
조그마한 소리에도
맑게 금이 가는
공기들의 푸른 이동
지빠귀 분홍색 알은
내일쯤이면
무슨 소식이 있으리라
안개가 떠난 자리
채 식지 않은
은색 똥 몇 개
우리가 남겨야 할
꿈처럼 누워 있다

도시의 서쪽

허리춤까지 자란

귀리밭머리

쟁강쟁강 햇빛 꺾으며

날아가는

물총새 한 마리

메아리는

풍경 밖에서

은빛 이랑이 되어

돌아오고

언덕 너머 저수지

피라미 떼 지느러미들도

한결 더

부드러워졌구나

잠시 호랑가시나무숲을

빠져나온

어린 바람의

연둣빛 상처와

고요를 연하게

부러뜨리며 지는

키 작은 들꽃

몇 송이
그 순간에도
풀씨들은
새로 태어날
이 마을
아이들을 위하여
조금씩 조금씩
여물어 가고
있었다

또 다른 세상

야윈 바람은

가볍게 가볍게

발을 헛딛고

방금 숲에서 달려나온

찌르레기 울음소리가

또 다른 세상을

만나고 있다

얼마를 버리고 나면

저리도 환해지는 것일까

오늘도, 나뭇잎에는

나뭇잎 크기의

햇살이 얹혀 있고

눈물에는 눈물 크기만 한

바다가 잠겨 있다

서른살의 여자

지금 막 떡갈나무 아래로
여름산 등고선을 타고 내려온
바람들이 도착했다
반짝이는 벌레 울음들이
작은 포물선을 그리며
날아가는 하늘엔
지난밤 별똥별 스쳐 간 자리가
아직도 보라색으로 남아 있고
멀리 부드러운 등을 보이며
남쪽으로 남쪽으로 떠나가는
파도들의 흰 정강이는
한없이 아름답구나
이런 날 우리들 사랑도
유선형으로 오는가
저만큼 거리에 마타리꽃으로
피어 있는 내 서른 살의 여자여
그대 목 가까이 보이지 않는
숨은 점 하나까지도
나는 오늘 그리워했다

가리비 살 오르는 먼 바다 보러 가자

언덕 너머 개미취는 무슨 색깔로 지고 있나 명아주 대궁에 감기는 마른 고요 덩굴손 보러 가자 가리비 살 오르는 먼 바다 보러 가자 갈꽃 지는 저녁 무렵 숲 속 어둠도 보러가자 상수리나무숲 하복부 따뜻한 청설모 소리 보러 가자 그림 속 과일도 익는 늦가을 햇빛 밟으러 가자 우렁이 껍질에 모이는 빈 들의 바람 소리 들으러 가자 매일 밤 별들이 숨는 옛 우물 연감 떨어지는 소리 들으러 가자 일곱 살 적 다리목 아직도 잠겨 있을 낮달 보러 가자 섭섭한 목을 하고 막 버스 가는 소리 들으러 가자

사
막

　칼 든 사내의 날랜 손놀림 끝에 따그락! 모래언덕 너
머로 사라지는 어린양의 턱관절 내려놓는 소리가 들렸
다 자작나무 널빤지 위에 놓인 채 식지 않은 한 덩이의
조문弔問, 방금 전까지 묶여있던 말뚝에는 아직 바둥거리
는 생존이 뒷발에 힘을 모은다

누리장나무 아래에서의 한때

　어린 장지뱀이 갓버섯 펴지는 모습에 놀라 달아나고 변성기 막 끝낸 수꿩이 낮은 봉분 너머에서 몇 번인가 울었다 갑자기 초롱꽃이 왁자한 것을 보아 이는 필시 두눈박이 쌍살벌이란 놈이 들어간 것임에 분명하다 착하게 엎드린 퇴적암을 사이에 두고 개암들이 실하다 올해는 해걸이 나무에도 열매가 많이 달리려나 보다 주인 없는 유혈목이 허물이 죄 많은 세상을 향해 가볍게 날아가는 시간, 골짜기는 어린 물소리를 꼬옥 품고 놓아주지 않았다

구름무덤

　어디선가 갑자기 나타난 새홀리기가, 먹이를 물고 날아가는 몸집 작은 새를 잽싸게 낚아채 숲 속으로 사라진다. 눈 깜짝할 사이 푸른 허공이 구겨졌다가 다시 팽팽해졌다. 잠시 뒤 그 자리에 구름들이 몰려 와 고요보다 큰 무덤 하나를 만들어 주었다

미안하다

　벌서고 돌아오는 길 먹잠자리 향해 함부로 돌 던진 일 미안하다 피라미 목 내미는 여울 물수제비 뜬 일 미안하다 자벌레 기어가는 산뽕나무 마구 흔든 일 미안하다 내를 건너다 미끄러져 송사리 떼 놀라게 한 일 미안하다 언젠가 추운 밤하늘 혼자 두고 온 어린별 미안하다, 미안하다

달개비꽃

고향 울밑 어디서나 피다지는 꽃이 있다
헤어지고 오던 날 남겨 둔 하늘처럼
유난히 동맥이 파란 몸매 야윈 그 아이

소꿉놀이 지치고 흙담아래 주저앉아
그렇지 도란도란 눈도 멀고 귀도 멀던
살며시 단발머리에 얹혀주던 청보라

희미한 옛 시간도 꼭 쥐면 물이 들까
꽃 속에 있던 아이 어디에도 없는데
부르면 나올 것 같아, 어린 날의 달개비꽃

물로 그린 그림

누가 나에게 우리나라 가을을 실제 크기로 그리라고
한다면 나는 항아리에 물을 붓고 기다리겠습니다 저 푸
른 하늘이 내려와 다 잠길 때까지,

봄
바
다

    첫 알을 낳은 물오리가 갈대숲을 차고 날아오르자 펄 속에서 기어 나와 느긋이 해바라기를 즐기던 달랑게 가족들이 놀라 달아나기 시작했다. 그 때 가장 느린 속도로 전력을 다해 달려가는 어린 게가 있었다. 조금 전 어미 등에 업혔던 한 쪽 다리가 없는 녀석이었다. 급한 나머지 온 힘을 다해 갯고랑으로 몸을 던지자, 기다렸다는 듯이 보드라운 물살들이 다가와 가만히 품어 주었다. 한순간 바다가 기우뚱했다

푸르고 따뜻한,

깃동잠자리 반원 긋다 날아간 평화로운 산자락 나직이 배를 깔고 누워있는 너럭바위 위로 맹금류 한 마리 황급히 솟구치자 허공의 단면을 붙잡고 있던 노박덩굴이 깜짝 놀라 술렁댔다 이윽고 한 초식동물의 창백한 영혼이 드문드문 흩어진 자리 오래도록 물갬나무 그늘이 내려와 비어진 공간 한쪽을 말없이 덮어주었다

귀뚜라미 무덤

    생이란 저런 것인가 쿵! 하고 더듬이 내려놓는 소리,
한때 정강이 세우고 이 나라 가을을 물들이던 적막이
아니더냐 무서리에 춥지 말라고 가는 길, 동무하라고
구멍 난 나뭇잎 몇 개 오그린 무릎을 덮어주었다 눈부
셔라, 우주 한 모퉁이 작디작은 지상의 저 건축물,

와온의 저녁

어린 물살들이 먼 바다에 나가 해종일 숭어새끼들과
놀다 돌아올 시간이 되자 마을 불빛들은 모두 앞 다퉈
몰려나와 물길을 환히 비춰주었다

쇠똥구리는 힘이 세다

　거친 황사 바람이 지나가자 신두리 해안가엔 잘 다듬
어진 푸른 경단을 젊은 쇠똥구리 부부가 온 힘을 다하
여 굴리며 갑니다 한 번씩 움직일 때마다 태안반도 물
살들이 움찔움찔 물러납니다

긴 시를 위한 짧은 생각

봄비라 쓰고 살짝이라 읽는다

첫눈이라 쓰고 두근두근이라 읽는다

어둠이라 쓰고 기대한 육체라 읽는다

시라 쓰고 언어의 무덤이라 읽는다

인생이라 쓰고 이슬이라 읽는다

첫사랑이라 쓰고 비누냄새라 읽는다

목련꽃이라 쓰고 그 집 앞이라 읽는다

단풍이라 쓰고 심장이라 읽는다

이슬궁전

　자기 이름 문패 붙인 오두막이 소원이던 무명시인 무덤 위로 어느 날 수천 개 햇빛 모여 은빛 물결 찰랑였다 살아생전 친구에 속고, 떠나간 여자에 울던 그를 위해 무당거미 밤새 실을 뽑아 홀쭉한 침엽수 사이 저리도 눈부신 이슬궁전 하나 만든 것이다

푸른 중심

물잠자리 그림자 언뜻 비치자 와 몰려드는 피라미 떼, 호수 한쪽이 가만히 기운다

출구

아까부터 농아 부부가 객지로 떠나보내는 아들을 울먹이며 부둥켜안고 있었다 어머니가 한사코 마다하는 아들 안주머니에 무언가를 자꾸 찔러 넣었다 아들이 이내 뿌리치며 출구 쪽으로 달아나자 꼬깃꼬깃 접힌 오천 원짜리 한 장이 바닥에 떨어졌다 싸락눈 내리는 역 광장이 멀리 보였다

곡우 穀雨

떡갈나무 숲 조붓한 골짜기 소나기 스치고 햇빛 반
짝 들자 열심히 나뭇잎 파먹던 벌레 한 마리 무슨 일
이 있었냐는 듯이 조그만 구멍 사이로 머리를 갸우뚱
내밀었다

오래된 성읍^{城邑}

　성읍엔 기쁨으로 띠를 두른 산과 골짜기엔 살 오른
고기들이 뛰어 오르며 때맞춰 내린 우로에 정금 같은
알곡들은 곳간 마다 차고 넘쳤다. 소고를 두드리는 여
인들의 심장은 어떤 환란 중에도 셀로판지처럼 충만함
으로 떨렸다. 들판에선 갓 태어난 송아지가 비틀거리며
어미젖을 빨고, 꽃 대궁마다 봉한 포도주처럼 분홍빛
꽃물들 가득 차오르니 저가 그 성실함으로 기르고 그
손의 공교함으로 지도하였도다 낮은 품삯에도 즐거워
하는 일꾼들은 값없이 저녁노을을 바라보며 각자 거처
로 돌아가 하루 중 행악의 거친 손을 씻고 자기의 무화
과를 배불리 먹을 것이며 자기의 우물물을 마실 것이다

하늘호수

녹두만한 심장을 할딱이며 청개구리가 갈댓잎 위로
뛰어오르자 허공이 반쯤 휘어집니다 멀리서 구름 지느
러미가 못 본듯이 유유히 흘러갑니다

여
행

일생을 걸려서
여기까지 왔다

옷깃에 묻어 온
지상의 벌레 한 마리
못다 이룬 꿈이 되어
밤새 울었다

귀때기가 파란
남십자성,

볼록한 유적

허공에
비스듬히 몸 기대고
입적하신
모감주나무

살아생전
구름에 구름길을
바람에 바람길을
하늘에 하늘길을
가진 것 모두 내어주고

마지막
나방 한 마리
데리고 얻은
팔마구리,

솔개바위 밑
유적遺跡 같은
옥색긴꼬리산누에 집.

겨우내

지구 한 모퉁이가

볼록하다

꽃씨 편지

꽃씨들이
날아간 쪽으로
하늘이 금방
팽팽해졌다

하나님만 아시는
저 꽃씨 글자를
천사들이 다투어
읽는가 보다

다 읽은 꽃씨들은
땅으로 보내져
애기메꽃, 민들레,
은방울꽃
그런 이름으로
다시 태어나

우리들 보고
한 번쯤
읽으라고

논두렁, 보리밭,
시냇가로
해마다 이맘때면
자꾸만
불러내는 것이다

둑방길

어린 염소
등 가려운
여우비도
지났다.

목이 긴
메아리가
자맥질을
하는 곳

마알간
꽃대궁들이
물빛으로
흔들리고,

부리 긴
물총새가
느낌표로
물고 가는

피라미
은빛 비린내
문득 번진
둑방길

어머니
마른 손 같은
조팝꽃이
한창이다.

이준관

hambaknunjun@hanmail.net
전북 정읍 출생. 1971년 《서울신문》 신춘문예 동시,
1974년 《심상》 신인상 시 당선으로 등단.
시집 『가을 떡갈나무 숲』 김달진문학상, 영랑시문학상 등 수상.

산도화꽃 그늘 아래

이준관

동시의 상상력에서 우주의 희망으로

시인 이준관이 애써 복원해내는 것은 거창한 역사의 진실이 아니라 어느 한군데 온전하게 남아 있지 않은 채 이그러지고 가난에 찌든 우리의 고향 풍물들과, 잘난 구석 없어도 저마다 타고난 제 분수껏 사는 순박한 고향 사람들, 또 어김없이 순환하는 절기를 고스란히 보여주는 자연과, 그 안에 둥지 틀고 깃을 접고 알을 품고 새끼를 기르는 짐승들의 작고 질박한 세계다.   ─ 장석주·시인, 문학평론가

이준관의 시에서 자연 혹은 전원의 의미는 현실의 도시 공간까지 그 영향력을 뻗치고 있다. 여름밤, 별과 달이 빛나는 하늘을 희망으로서 손가락 끝에 달아 주고 저 하늘의 달이 지거든 그 손가락 끝의 희망으로 달을 뿌리라고 그는 말한다. 그것은 그의 시가 결코 단순한 자연시가 아니라 삶의 어두움이 삼켜버린 도시의 밤에도 살아남는 희망을 노래하는 것임을 깨닫게 한다.   ─ 김춘식·문학평론가

윤동주와 정지용, 박목월 같은 우리 문학사의 기라성 같은 시인들이 모두 동시로 출발해서 시의 영역을 확장시켜 나간 것은 널리 알려진 사실이다. 그들의 시적 여정에는 시간이 갈수록 대부분 초기의 동시적 흔적이 사라져 가는데, 이준관 시인의 경우에는 오히려 동시적 상상이 시적 여정에 끊임없이 관여하며 오히려 시의 세련과 깊이를 더하는 데 창조적으로 기여하고, 독자들을 매료시키는 힘으로 작용하고 있다.
                                                      ─ 고형진·문학평론가

그 세계관은 자연을 한 권의 커다란 책으로 읽게 만든다. 이미 우리는 이준관이 자연에서 무엇을 터득하고 또 그것을 어떻게 형상화했는가를 살펴 본 바 있다. 이제 자연이란 책 한 권으로도 그의 집은 꽉 차 보인다. 이 정신의 집 한 채를 나는 세계를 둥글게 꺼안기 위한 세계관이라고 부르고 싶다.   ─ 홍신선·시인

구부러진 길

나는 구부러진 길이 좋다.
구부러진 길을 가면
나비의 밥그릇 같은 민들레를 만날 수 있고
감자를 심는 사람을 만날 수 있다.
날이 저물면 울타리 너머로 밥 먹으라고 부르는
어머니의 목소리도 들을 수 있다.
구부러진 하천에 물고기가 많이 모여 살듯이
들꽃도 많이 피고 별도 많이 뜨는 구부러진 길.
구부러진 길은 산을 품고 마을을 품고
구불구불 간다.
그 구부러진 길처럼 살아온 사람이 나는 또한 좋다.
반듯한 길 쉽게 살아온 사람보다
흙투성이 감자처럼 울퉁불퉁 살아온 사람의
구불구불 구부러진 삶이 좋다.
구부러진 주름살에 가족을 품고 이웃을 품고 가는
구부러진 길 같은 사람이 좋다.

여름밤

여름밤은 아름답구나.

여름밤은 뜬눈으로 지새우자.

아들아, 내가 이야기를 하마.

무릎 사이에 얼굴을 꼭 끼고 가까이 오라.

하늘의 저 많은 별들이

우리들을 그냥 잠들도록 놓아주지 않는구나.

나뭇잎에 진 한낮의 태양이

회중전등을 켜고 우리들의 추억을

깜짝깜짝 깨워놓는구나.

아들아, 세상에 대하여 궁금한 것이 많은

너는 밤새 물어라.

저 별들이 아름다운 대답이 되어줄 것이다.

아들아, 가까이 오라.

네 열 손가락에 달을 달아주마.

달이 시들면

손가락을 펴서 하늘가에 달을 뿌려라.

여름밤은 아름답구나.

짧은 여름밤이 다 가기 전에 (그래, 아름다운 것은

짧은 법!)

뜬눈으로

눈이 빨개지도록 아름다움을 보자.

산도화꽃 그늘 아래 • 권달응 • 수퍼야구 • 이준관

부엌의 불빛

부엌의 불빛은
어머니 무릎처럼 따뜻하다.

저녁은 팥죽 한 그릇처럼
조용히 끓고,
접시에 놓인 불빛을
고양이는 다정히 핥는다.

수돗물을 틀면
쏴아 - 불빛이 쏟아진다.

부엌의 불빛 아래 엎드려
아이는 오늘의 숙제를 끝내고,
때로는 어머니의 눈물,
그 눈물이 등유가 되어
부엌의 불빛을 꺼지지 않게 한다.

불빛을 삼킨 개가 하늘을 향해 짖어대면
하늘엔
올해의 가장 아름다운 첫 별이
태어난다.

가을 떡갈나무 숲

떡갈나무 숲을 걷는다. 떡갈나무 잎은 떨어져
너구리나 오소리의 따뜻한 털이 되었다. 아니면,
쐐기집이거나, 지난여름 풀 아래 자지러지게
울어대던 벌레들의 알의 집이 되었다.

이 숲에 그득했던 풍뎅이들의 혼례,
그 눈부신 날갯짓소리 들릴 듯한데,
텃새만 남아
산 아래 콩밭에 뿌려둔 노래를 쪼아
아름다운 목청 밑에 갈무리한다.

나는 떡갈나무 잎에서 노루 발자국을 찾아본다.
그러나 벌써 노루는 더 깊은 골짜기를 찾아,
겨울에도 얼지 않는 파릇한 산울림이 떠내려오는
골짜기를 찾아 떠나갔다.

나무 등걸에 앉아 하늘을 본다. 하늘이 깊이 숨을 들이켜
나를 들이마신다. 나는 가볍게, 오늘밤엔
이 떡갈나무 숲을 온통 차지해 버리는 별이 될 것 같다.

떡갈나무 숲에 남아 있는 열매 하나.
어느 산짐승이 혀로 핥아보다가, 뒤에 오는
제 새끼를 위해 남겨 놓았을까? 그 순한 산짐승의
젖꼭지처럼 까맣다.

나는 떡갈나무에게 외롭다고 쓸쓸하다고
중얼거린다.
그러자 떡갈나무는 슬픔으로 부은 내 발등에
잎을 떨군다. 내 마지막 손이야, 뺨에 대 봐,
조금 따뜻해질 거야, 잎을 떨군다.

저녁별

강가에서 물수제비를 뜨다 오는 소년이
저녁별을 보며 갑니다.

빈 배 딸그락거리며 돌아오는 새가 쪼아 먹을
들녘에 떨어진 한 알 낟알 같은
저녁별.

저녁별을 바라보며
가축의 순한 눈에도 불이 켜집니다.

가랑잎처럼 부스럭거리며 눈을 뜨는
풀벌레들을 위해
지상으로 한없이 허리를 구부리는 나무들.

들판엔 어둠이
어머니의 밥상보처럼 살포시 덮이고
내 손바닥의 거친 핏줄도
불빛처럼 따스해 옵니다.

이준관 · 야채영 · 나태주 · 권달웅 · 애아 그늘 꽃 화초 산

저녁별 돋을 때까지
발에 묻히고 온 흙
이 흙들이
오늘 내 저녁 식량입니다

가족, 가을 나들이

교외선 기차에서 내린 딸은
코스모스 꽃을 향해 달려간다.
코스모스 꽃의 허리를 가진 딸은
꿀벌의 물빛 날갯짓에도 흔들린다.

아들은 염소처럼 매해해 운다.
염소의 뿔이 되고 싶다는 아들
그 뿔에 들꽃이 걸린다.

하늘빛 챙이 달린 모자를 쓴 아내는
낯선 집 장독대에 핀 맨드라미를 보고
마당이 넓은 집에서 살고 싶다고 한다.

장독대 위 낮달의 손톱에
여름에 물들인 봉숭아 꽃물이
아직도 엷게 남아 있다.

길가에 알밤이 떨어져 있다.
아들은 알밤을 주우며
이 알밤도 우리 가족이야, 하고 말한다.
저 가을 하늘 울타리가 파랗다.

산문화꽃 그 늘 아래 · 권글웅 · 나림기 · 유재영 · 이준관

봄은 또다시 와서

봄에 다시 파란 하늘 위에서 새들은 울어대어
나를 하늘을 우러러보며 살아라 하네.

마을 초입에서 아이들 뛰노는 소리 더욱 커지고
송아지 머리엔 산돌배나무꽃 같은 뿔이 돋아나네.

그리운 이의 그리운 기별을 들으러
연인들은 새로 바람과 사귀고
울타리 너머 물빛 연한 낮달이 뜨네.

비록 내 가진 것 없어도,
신발은 벗어 멀리 가는 강물에게 주고
두 귀는 귀가 먼 불쌍한 꽃들에게 주고
아, 사랑으로, 사랑으로만
보리밭길 한량없이 걸으라 하네.

나
들
이

참으로 기꺼운 일이다.

강아지를 뒤딸리고

어린것 앞세워 나들이 가는 일.

아이는 새를 어깨에 무동 태우고 신바람 나서,

길을 가다 날개 달린 달구지라도

만날 것이다.

물가 바윗돌 물새 모자母子 정답다.

나는 신발 끈을 조이며

앞으로 가야 할 길을 걱정하지만,

아이는 신발을 벗어

수부룩히 꽃을 담는다.

한나절 앉아서

연못에 노는 오리 떼라도 구경하고 가자.

바람은 이따금 어린것의 발밑으로

오리가 쪼아 먹고 버린 물껍질을 밀어 보내고,

우리의 그림자

물 아래 나란히 드리워 흔들린다.

자, 일어서서 다시 가자.

나무들이 등 뒤에 꼭꼭 숨겼다가

조금씩 꺼내주는 푸른 잎사귀 같은

길을 밟고…

연가戀歌 1

맑은 물소리로 아침을 열고

우리는 그대를 기다리네.

이슬의 귀에 기대어

그대의 앞섶에 쌓이는 햇빛을 줍네.

새들은 설레이는 꽃가지를 찾아

가장 아름다운 색상色相을 짜고

우리는 그대 눈빛 속에 숨겨둔

사랑의 음반을 두드리네.

뜨락 가득히 꽃수繡를 놓으며

날으는 나비들의 꿈.

그들의 꿈을 손등으로 문지르면

눈부시게 밝아오는 그대 귓바퀴.

풀잎에 착한 이마를 부비며

종소리는 은밀히 깨어나고

잠자리 날개 사이로

녹색綠色 해 그림자가 어른거리네.

밤새 풀 속에 떨어진

별빛을 닦으며 아이들은

오색 풍선을 날리고

우리들은 수천 수만의 새떼가 되어

그대의 거울 속으로 쏟아지네.

폭설이 한 닷새쯤 쏟아지면

폭설이 한 닷새쯤 쏟아지면, 그리하여
오직 하늘의 새의 길도 끊기면
한 닷새 무릎까지 외로움에
푹푹 빠지며 더 깊은 산으로 들어가도 좋으리.

간신히 눈 위로 남은
빨간 산열매 두어 알로
배를 채우고 가다 기진해서 쓰러져도 좋으리
눈 위에 누워
너무나 아름다운 별에 흑흑 느껴 울어도 좋으리.

곰아, 너구리야, 고라니야, 노루야,
쓰러진 나를 업어다 너희 이부자리에 뉘여다오.
너희 밥솥에 끓는 죽을
내 입에 부어다오.

폭설이 한 닷새쯤 쏟아지면
나는 드디어 산짐승들과 한 식구가 되어도 좋으리.
노루의 눈에 비쳐
푸른 칡잎의 귀가 돋아나와도 좋으리.

사람들아, 내 발자국을 찾지 말아라.
그 발자국은
낮과 밤을 구분할 수 없이 쏟아지는 폭설에
덮이었으리니.
이미 나는 눈이 길길이 쌓인 숲의 굴 속에서
따뜻한 꼬리털을 베고 잠들어 있으리니.

조그만 마을의 이발사

나는 조그만 마을의 이발사가 되고 싶다.
가난한 사람들의 머리를 깎아주고
햇빛과 바람으로 거칠어진 그들의 턱수염을 밀어주는
이발사가 되고 싶다.

비록 내 가위질은 서툴겠지만,
나귀처럼 가위는
스프링이 낡은 의자에 앉아 있는 그들의 삶을
위로해 주는 말을
속삭일 것이다.

내가 어렸을 때 이발소에서
처음 읽었던 푸쉬킨의 시.
삶이 그대를 속일지라도 노여워하지 말라던
허름한 액자에 걸려 있던 시.

삶은 끝내 가난한 그들을 속이고
나도 속였지만
나는 조그만 마을의 이발사가 되고 싶다.

다섯 평 좁은 이발소에
난로를 피우고
주전자에 물을 끓이며,
수증기 뽀얀 유리창 너머
자작나무처럼 하얀 성탄절의 눈을
기다리겠다.

그리고 가난한 아이들의 머리를
성탄목聖誕木처럼
아름답게 깎고 다듬어주겠다.

종묘상에서 꽃씨를

종묘상에서 꽃씨를 샀다.
그림엽서처럼 예쁜 봉투에 담긴 꽃씨를 샀다.
분꽃, 채송화, 금잔화, 맨드라미
이름만 들어도 가슴이 울렁거리는 꽃씨를.

아파트 13층에 사는 우리는
꽃씨를 뿌릴 땅이 없다.
온통 흙발로 집 안을 돌아다니는
병아리 발자국 같은
꽃싹이 종종종 돋아날 흙이 없다.

꽃씨를 산 아내는
새로 아기라도 입양한 듯
뺨에 홍조를 띠고,
나는 꽃밭이라도 한 채 분양 받은 듯
가슴이 뿌듯하다.

햇빛 맑은 봄날.
아내가 베란다의 장독을 꺼내
물빛 아지랑이로 닦아놓으면

나는 아파트 단지 공터를 찾아다니며
꽃씨를 뿌릴 것이다.
저녁이면 저녁별로 돋아날 꽃씨를.
밤이면 반딧불로 날아다닐 꽃씨를.

징검다리

여기 징검다리가 있구나.
강을 건너려면 내게 업히라고
넓적한 등을 내미는구나.

씨를 뿌리러 가는 사람이 건너가는
징검다리 위로
그 사람의 따뜻한 밥 한 끼처럼
태양이 떠 있구나.

겨울 동안
송아지 목덜미를 따뜻이 핥아주던
암소가 물 마시러 오고,
징검다리 위에서
나도 암소처럼 눈 녹은 물에 입술을 댄다.

까치밥 같은 마을의 불빛을
쪼아 먹으며 겨울을 보낸 새들이
하늘의
징검다리로 떠 있고

나는 흘러가는 강에
넓적한 돌을 놓는다.
누군가의 등이 되어주고 싶어서.

밀
밭

밀이 자라면서 바람은 동남풍東南風으로 바뀌고,
아내는 호들갑스럽게 나를 부른다.
여보, 이리 와 봐요.
밀이삭이 나왔어요. 밀이삭이 머리를 곱게 땋고
나왔어요.

아내의 주름치마에서
밀이삭들은 바다빛으로 일렁이고,
밀밭에 둥지를 튼 새가
아내에게 유정有情한 눈빛을 보낸다.

아내의 손등에 기어오른 무당벌레와,
그것도 모르고 갓 핀 밀이삭에 취해 있는
호동그래진 아내의 맑은 눈을 쳐다보는 일이
나는 즐겁고,

밀밭 사잇길은 돌아올 줄 모른다.
흐드러지게 핀 풀꽃들이,
그 자그만 길을 푸른 도마뱀인 줄 알고
삼켜버렸을까?

집에 가야할 길이 없어졌던들 어떠랴.
염소 뿔이 저리 드높이 해를 떠받치고 있는 동안엔
날은 저물지 않으려니,

아내 곁에
크고 화려한 날개를 가진 나비가 날아와
아내만이 알아듣는 귓속말로 속삭이다 가고,

아내는
밀이삭 같은 머리를 땋아줄 딸을 가졌으면
좋겠다며 웃는다.
밀이 익으면, 밀이 익으면,
아내는 밀 냄새 나는 딸을 가질 것이다.

시냇가를 따라

시냇가를 따라 자꾸만 상류上流로 올라간다.

즐거워서다.
물에 입을 대고 새처럼 물 위에 입술사국을
남겨놓기도 하고,
물방울에 귀를 대고 물방울 속에 숨은
아내의 빨래 방망이 소리와 밉지 않은
수다 소리도 들어본다.

물가의 돌을 간지렵혀 주면
돌들은 반짝이는 물결을 토해내며 웃고,

상류上流에서 아그배꽃이 떠내려온다.
누구일까, 돌다리를 건너다
밀려오는 정情에 복받쳐
치마폭에서 꽃을 떨군 사람은.

나는 너무 눈부신 햇빛을 손으로 가리고,
아득히 머언 상류上流의 마을을 바라본다.
짚으로 달맞이불을 밝히고,
까치가 감을 물어다 할머니 무릎 위에 놓아주는 마을.

그 마을을 향해 가다가
너른 망개잎에 후두둑 별이 두들기는 밤이 오면
나는 혼자 시내를 건너리.
그러면 푸른 별들은 엎드려 내 발을 씻어주리.

초저녁별을 맞으러

초저녁별을 맞으러 언덕을 오릅니다.

염소똥이 흩어진 풀밭에서 잠시,
염소 뿔을 붙잡고 장난하다 돌아간 구름들을 생각하며
빙그레 혼자 웃어 보고,
나뭇잎 푸른 잎맥으로 잠자러 가는 물소리에게
길을 비켜줍니다.

가끔 멧새만 날아와 노래하다 가는
이제는 못쓰게 된 우물터.
머언 앞산에 울음을 놓아
무슨 소리인가를 들려오기를 기다리는 뻐꾸기 새끼처럼
귀를 쫑긋거리며,
나는, 우물 속을 오오래 들여다봅니다.

좁고 돌이 울퉁불퉁한 길에서 만난 아낙네.
나는 압니다.
띠밭을 일구어 띠풀처럼 억세어진
그네의 손으로
이 마을의 해가 뜨고 진다는 것을.

나를 따라온 강아지 꼬리가 풀꽃에 닿았는지
풀꽃 향기가 가만히 저녁을 흔듭니다.
벌써 초저녁별은 떴는지 모르겠습니다.
그러나, 나는 상관하지 않으렵니다.

떠돌이 고양이가 물을 마시러 왔다가
마당가 꽃이 고와 꽃에 입만 대고 간,
언덕 중턱 집 담 너머
소가 천천히 짚여물을 씹는 것을 바라보다 가렵니다.

눈을 뭉치며

아들과 함께 눈을 뭉친다.

아들은 작게

나는 조금 크게

눈을 뭉치는 동안 세상은 둥글고 아름답다.

나는 아들에게 썰매를 만들어 주고 싶은데

눈이 자꾸만 내려 나 대신

썰매를 만들어 준다.

서둘러라, 지금 출발하면 날이 저물기 전에

사슴 뿔에 높이 달린 마을에 닿으리라.

나는 내 자그만 추억의 열쇠를 꺼내어

아들의 허리에 동여매 준다.

오늘밤 아들의 머리맡 양말 속엔

온갖 별들이 가득 차겠지.

벌써 아들의 눈뭉치는 다람쥐 쳇바퀴처럼

둥글게 뭉쳐져

아들은 앞발로 신나게 쳇바퀴를 돌린다.

나는 아들의 손을 잡고 너도밤나무 숲으로 들어간다.

아들에게 나는 이 숲에 살았던 새들의 이름과

나비의 날개의 아름다움에 대하여 이야기하고,

아들의 귀는 이쁜 방울종 위를 깡충 뛰어 넘는다.

이준아 · 영혜야 · 소나기 · 응급실 · 배 하 특 그 촛 하 게 오 길

나는 저만치 앞서가는 아들을
눈송이들이 털복슬강아지처럼 따뜻이 품어주는 것을
보며
내가 뭉친 눈뭉치를 힘껏 하늘을 향해 던진다.
아마 눈은 저녁을 지나 한밤중까지 펑펑
쏟아질 모양이다.

장대비 퍼붓는 빗발 속에

장대비 퍼붓는 빗발 속에
웃통 벗어부치고 오리 떼를 몰고 돌아오는
저 소년같이,
굵은 빗발에 긁히어 금방 검은 피가 방울지는
거무튀튀 탄 살갗의 소년같이,

나는 돌아오고 싶은 것이다.

가만, 보아라, 오리들은
돌아오는 이 길의, 땅바닥에 패대기쳐도
끊임없이 꿈틀거리는 미꾸라지 같은, 저 장대비가
꽉, 꽉, 꽉, 좋은 것이다.
소년도, 나도, 좋은 것이다.

강물을 욕심껏 퍼마신, 살이 통통 오른 몸뚱어리를
물갈퀴의 발에 기우뚱 맡기고, 오리들은
걸어간다. 서두르지 않고, 장대비 속을……

소년의 맨살에 갯버들잎처럼 찰싹찰싹 달라붙는
오리 떼 울음.

지금쯤, 급류를 이루며 콸, 콸, 콸 흐르는 강에선
빠른 유속을 기운차게 차고 오르며
물고기들이 푸른 아가미에 강을 꿰겠다.

오리들은 하나 둘 떼 지어 날아오른다.
이제 오리들은 순한 식물처럼 길들여진 가축이
아니다.
억수 같은 장대비를 뚫고 오리도, 소년도, 날아오른다.

아, 그처럼
나도 돌아오고 싶은 것이다.

어머니의 맨발

어머니는 맨발이다.
사랑하는 딸에게 호미밖에 물려줄 게 없는
어머니의 맨발은 황토흙이다.
칭얼거리는 아가에게
마른 젖꼭지를 물리고
저무는 들을 바라보는 어머니는
한 평생 흙 속에 꼬부라져
손마디가 썩어
이 땅의 몽당비귀신이나 될 것이다.
그러나 어머니의 맨발.
타박타박 걸어가는 맨발에 꿇어 엎드려
흙들은 입을 맞춘다.
누가 누가 휘두르는 깃발보다
어머니의 맨발을 따라가자.
한 줌 씨앗을 뿌리며 가자.
저 흙들에게 살점 모두 떼어주고
어머니의 열 개 발가락은 모두
밭고랑이 될 것이다.
밭고랑이 되어 우리들의 씨를
품어 줄 것이다.

애기를 업고 가는 여인

애기를 업고 가는 여인을 본다.
수수꽃다리 꽃타래 속에서 자지러지게 우는 새를
가리키는 애기의 손가락 끝에,
그녀의 저고리 앞섶에 꼬깃꼬깃 접어둔
행복의 길이 뜬다.
하늘로 죽죽 뻗은 나무는,
퍼부을 듯 피어나는 잎들을 저 여인에게 다 쏟아줄 듯
마냥 짙푸르다.
시장에서 나물을 파는 여인.
눈먼 여자에게 에그, 이 불쌍한 사람아, 하며
듬뿍 나물을 얹어주던 여인.
오늘은 애기를 업고 어인 먼 출행인가.
담장에 핀 꽃들의 인사를 받느라
연신 고개를 끄덕거리고,
크고 밝게 웃는 웃음이 그녀의 것답지 않게
미색 치마처럼 호사스럽다.
이 행복의 길, 새들이 달라 한들
주겠는가.
길을 가다가, 외나무다리 건널 일이 있거든,
애기야, 저 따뜻한 등허리에서 눈 딱 감고 있거라.

사람이 있을 것이다

길을 가다가 낮닭 우는 소리를 듣는다.
텃밭의 흙을 깃털에 끼얹으며
낮닭이 우는 농가에는
부엌문 앞에서 혼자 파를 다듬고,
호박을 썰어 채반에 널어 말리는 사람이 있을 것이다.

홀로 사는 친정어머니가 생각나면
코를 휑하니 풀어 서러움을 쫓고,
집안을 돌아다니며 한바탕 잔소리를 늘어놓고,
물 한 바가지 끼얹어 쫓아냈던
개를 다시 불러 밥을 주는
사람이 있을 것이다.

마당가에 흔해빠진 꽃들이 피고
가을이면 바람의 손에 까만 꽃씨를 받는
사람이 있을 것이다.

풀빛 어둠을 향해 구부러진
염소의 뿔 위에 저녁 등불을 달고,
밥상 위에 숟가락을 놓으며

손바닥에 물집 잡힌 설움

잠시 잊는 사람이 있을 것이다.

빨
래
터

나날이 불어나는 빨래 보퉁이 속에서
그녀의 꿈은 점점 줄어들어도
모시잎처럼 푸른 강물이 그녀의 마음을
적시고 흘러간다.
치마꼬리 붙잡고 빨래터까지 따라온
철모르는 어린것들은
온통 바지를 적시고 돌아오지만,
빨래를 힘껏 주무르는
그녀의 손은 즐겁기만 하다.
막내의 오줌으로 얼룩진 속옷을 쳐들어보며
그녀는 빙긋이 웃어본다.
그녀의 눈웃음에 밀려 물살은
무슨 꽃잎인가를 층층이 만들어내며 멀어진다.
그녀의 몸은 빨래에 씻기어
빨랫돌처럼 닳아질 것이다.
그러나 오히려 빨랫돌은 더욱 해맑아지고
온갖 즐거운 날들이 빨랫돌에 비치어온다.
모래밭을 뛰어다니는 어린것의 발바닥이
유리조각에라도 찢기면
하마, 그녀는 입술로 어린것의 핏방울을

빨아들이리라.
빨래 보퉁이를 머리에 이고
그녀는 다리를 건너간다.
그리고 집으로
집채만 한 빨래 보퉁이 속으로 가뭇없이 멀어진다.

낯선 골목집의 문패를 보면

낯선 골목집의 문패를 보면
언젠가 들은 이름 같아서
어디선가 만난 이름 같아서
도무지 낯설지 않다

그 집 하늘의 하얀 낮달이
장독 뚜껑을 열고 된장을 뜨는
주인 여자의 앞치마 같아서
아주머니, 하고
다정히 부르고 싶어진다.

대문에서 두 발을 동당거리며
무언가 사달라고
막무가내 떼를 쓰는
아이의 떼가 막무가내 아름답다.

마당가 조그만 화단의
낯익은 일년생 화초.
그 화초 사이로 생쥐 한 마리가
나를 보고 까만 꽃씨의 눈을
깜빡거린다.

주인이 직접 기둥에 망치로 못을 박고
매달았을 문패.
문득 다시 들리는
떵떵! 즐거운 망치 소리가
세상을 온통 살 만한 집으로 만든다.

가을에 사람이 그리울 때면

가을에 사람이 그리울 때면
시골 버스를 탄다.
시골 버스에서는
사람 냄새가 난다.
황토흙 얼굴의 농부들이
아픈 소는 다 나았느냐고
소의 안부를 묻기도 하고,
낯모르는 내 손에
고향 불빛 같은 감을
쥐어주기도 한다.
콩과 팥과 고구마를 담은 보따리를
제 자식처럼 품에 꼭 껴안고 가는
아주머니의 사투리가 귀에 정겹다.
창문 밖에는
꿈 많은 소년처럼 물구나무 선
은행나무가 보이고,
지붕 위 호박덩이 같은 가을 해가 보인다.
어머니가 싸주는
따스한 도시락 같은 시골 버스.
사람이 못내 그리울 때면

문득 낯선 길가에 서서

버스를 탄다.

하늘과 바람과 낮달을 머리에 이고.

전철 의자에 앉아

전철 의자 옆에 앉아 있는
낯모르는 사람과
어깨를 맞대고
전철 바퀴의 리듬에 조용히 흔들리며
간다.

가끔 서로의 살끼리 살짝 부딪히며
맞대고 가는 무릎 위에
나란히 놓여 있는 다정한 불빛.

때로는 잠이 들어
나에게 지그시 기대어오는
그 사람의 체중과 따스한 체온.
그 사람이 잠깐 꿈꾸는 동안
전철 안은 아랫목처럼 포근하다.

천장 형광등 둘레를 맴도는 날벌레도
종점까지 함께 갈
살붙이처럼 살갑게 느껴지는 이 밤.

차창 밖을 끝없이 스쳐가는

깊은 어둠도

오히려 한 장 모포처럼

따스하다.

떡집이 있던 그 골목길에

내가 살았던 골목의 낡은 벽돌집.
겨울에는 눈이 내렸지.

헌 스웨터를 풀어 아이들 벙어리장갑을 짜던
야채 가게의 여자.
그 가게 지붕 위 비둘기의 발가락은 등불처럼
빨갰었지.
자주 전깃불이 나가던 골목에는
겨울별이 전기수리공처럼 전봇대에 올라가
불을 켜주었지.

미끄러운 눈길을 걸어 석유 한 통을 사서
보일러에 부으면
해바라기 기름처럼 정답던 석유 냄새.

눈이 펑펑 쏟아지면
겨울 문짝을 고치다 손에 박힌 나무 가시도
눈빛 하얀 살로 차올랐지.

저녁에는
배가 홀쭉한 초승달도 먹여 보내던
집집마다 끓이던 된장국 냄새.

천장에서 새끼쥐들도 고물고물 겨울을 함께 보냈던
골목의 낡은 벽돌집.
지금도 인절미 같은 눈이 내릴까.
떡집이 있던 그 골목길에

산꿩아 울어라

산꿩아 울어라.

울고 싶을 때는 실컷 울어라.

그래, 세상은 목이 꽉 잠기도록 울고 싶을 때가 있다.

너는 붉은 황토흙처럼 목이 쉬었구나.

나는 싸리꽃을 꺾어주마.

빨갛게 달아오른 슬픔을

싸리꽃에 비벼 식혀라. 그래도 식지 않으면

산골짝물에 목을 담그어라.

풀숲 날아다니며 풀씨를 쪼아 먹던 너에게

이런 슬픈 목숨이 있었구나.

모가지 꺾어 꺽꺽꺽 울면서 날아가는

슬픈 골짜기가 있었구나.

내 피가 필요하다면

억새풀잎에 빨갛게 적셔 너에게 주마.

산꿩아 울어라.

울고 싶을 때는 실컷 울어라.

그러나 내일은 울지 말아라.

해가 뜨거든

새끼들과 함께 풀숲을 힘차게 날아가거라.

꽃
씨

꽃이 피었을 때보다

꽃씨로 맺혀 있을 때가 나는 더 좋다.

태풍에도 떨어지지 않고

천둥에도 자지러지지 않고

톡톡 여물어간 꽃씨.

꽃씨는 저 혼자만

여물어간 게 아니다.

잠자리도 여물어 하늘을 날게 하고

송아지도 여물어 들녘을 경중경중 뛰게 하고

나 또한 벼이삭처럼 여물어

겸허하게 머리를 수그리게 하였다.

온종일 밭에서 일하다 돌아온

머릿수건을 쓴 어머니처럼

햇볕에 얼굴이 까맣게 그을린 꽃씨.

귀에 대면

아직도 꿀벌의 물빛 날갯소리가 연신 잉잉거린다.

울타리콩이 열리는 마을

사랑하는 사람아,
울타리콩이 열리는 마을로 가자.
울타리에 울타리콩 심고
콩꽃이 피면
콩꽃 같은 아이 낳아 키우자.
울타리에 울타리콩 열리면
저녁밥에 울타리콩 얹어
너콩나콩 사랑을 나눠 먹자.
울타리콩 같은 별을 보고
개가 짖는 밤이 오면
너는 아이를 위해 옷을 짓고
나는 밭에 뿌릴 씨앗을 고르자.
사랑하는 사람아,
우리 비록 가진 것 없어도
서로 손을 맞잡으면
이 세상의 울타리가 되리니
우리 울타리콩이 열리는 마을로 가자.

밥
상

밥상을 받을 때마다
나는 상장을 받는 기분입니다
사람들을 위해
세상을 위해
별로 한 일도 없는데
나는 날마다 상,
푸짐한 밥상을 받습니다.

어쩐지 남이 받을 상을 빼앗는 것 같아서
나는 밥상 앞에 죄송하고 미안합니다.

나는 떨리는 두 손으로
밥상을 받습니다.
그리고 무릎을 꿇고
밥상 앞에 앉습니다.
오늘은 무엇을 했는가
참회하듯.

시골길

소가 천천히 구름을 되새김질하고 있는 시골길.
감자밭 감자가 시골 소년의 알통처럼
소리 없이 굵어가고,
명태 꼬리 두어 개 삐죽이 내민 짐 부퉁이를
시골 여인이 머리에 이고 가는 길.

길가 풀섶 둥지에서는 들새가
제 체온으로 데울 만큼의 알을 낳아
따스히 품고 있다.
달콤한 햇볕 아래서
보리앵두는 빨갛게 익어간다.

일부러 해찰을 하듯 날아다니며
나비는 풀꽃마다 꽃가루를 옮기고,
소나기를 머금은 구름은 머얼리서
느리게 천둥소리 피워 올린다.

신발을 벗어버린 내 맨발은
붉은 황토흙이다.
맨발 아래서 질긴 질경이풀처럼
생명 있는 것들이 꿈틀거린다.

내 뜨거운 손을 저무는 해에 얹으면
해 그림자 길게 깔리는 시골길.
길 따라 내 삶도 천천히 익어간다.

산도화꽃 그늘 아래

지은이 · 권달웅, 나태주, 유재영, 이준관
펴낸이 · 유재영
펴낸곳 · 주식회사 동학사

1판 1쇄 · 2020년 10월 9일
출판등록 · 1987년 11월 27일 제10-149

주소 · 04083 서울 마포구 토정로53 (합정동)
전화 · 324-6130, 324-6131 | 팩스 · 324-6135
E-메일 | dhsbook@hanmail.net
홈페이지 | www.donghaksa.co.kr
www.green-home.co.kr

ⓒ 권달웅·나태주·유재영·이준관, 2020

ISBN 978-89-7190-760-3 03810